またたび浴びたタマ

ありばいがにがいばりあ

あ

アリバイが苦いバリア

平尾刑事「部長、世田谷の主婦殺しは間違いなく高橋の犯行です。動機もあるし、指紋だってあがっています。逮捕に踏み切りましょう」
湯川部長「しかしな。高橋には強固なアリバイがあるんだ。うかつには手が出せない。逮捕したところで、もしアリバイが崩せなかったら、俺たちは辞表を出さなくちゃならんぞ」
平尾刑事「うーん、悔しいなあ。あいつがやったことはわかっているんだ。あんなむごい殺し方をしたやつが、大手を振って町を歩いているなんて」
湯川部長「悔しいのはみな同じだ。しかし今のところ、手の出しようがない。誰か良いアイデアはないか？」
西川刑事「部長、できました！」
湯川部長「なんだ、西川。何ができた？」
西川刑事「回文です。『アリバイが苦いバリア』。後ろから読んでも同じ、アリバイが苦いバリア。ははは」
　西川刑事はきっと出世できないでしょうね。ははは。

いらぶしまがらがましぶらい

い
ああああああ

伊良部、縞柄が増し、無頼

伊良部投手はロッテ・マリーンズから、すったもんだあってニューヨーク・ヤンキーズに移籍しました。「あの縞柄のユニフォームが着たいんだ！」というのが、伊良部くんの強い希望でした。縞柄ならロッテ・マリーンズのユニフォームだって同じようなものじゃないかと思うんだけど、実はヤンキーズの方が三本だけ縞の数が多かったのです。そしてその三本が、伊良部くんにとってはすごく大きな意味を持っていたんですね。というのは真っ赤な嘘で、どっちの縞柄が多いかなんて、ぜんぜん知りません。誰かかわりに数えてみてください。

いずれにせよ、ニューヨーク・ヤンキーズからモントリオール・エクスポズへと、更に新天地を求めてがんばる伊良部投手の健闘を祈りたいものです。ごつい外見からは、いかにも無頼な感じのする伊良部投手ですが、本当は繊細で、心優しい人なのだということです。

うらわでまいたははははとはははたいまでわらう

う

浦和で蒔《ま》いた、ははは、と母は大麻で笑う

大麻を吸うとやたら笑い上戸になる人がいますが、おたくのお母さんもそうだったんだ。しかし浦和だろうが、高崎だろうが、大麻なんて蒔いちゃいけないですよね。見つかったら大麻取締法違反で即、埼玉県警に逮捕されます。見つからなければいい……という問題じゃないですよ、それは。いずれにせよ、かなりやばいお母さんですね。

いや、母親はまだましだよ、おやじは覚醒剤、兄貴はアル中で、俺はアンディー・ウィリアムズのファンだものな。

そうなんですか。うーん、弱りましたね。まあ、がんばって生き延びてください。

ええがたがええ

え
ええわ…

A型がええ

娘「ねえお父さん、わたしこんど結婚しようと思うんだけどさ、二人候補がいて、どっちがいいかすごい迷ってるんだ。石井君はさ、血液型がB型で、ハンサムで背が高くて、話も面白いんだけど、ちょっと調子いいやつなんだよね。車のセールスマンやってて、けっこー収入もあるんだけど、それ以上に金遣いが荒くて、もろローン漬けだしさ。それにくらべて土橋君は信用金庫に勤めてて、まじめでいいやつなんだけどさ、脚が超短くて、血液型はA型で、顔もじみいっで、無口で、酒煙草ぜんぜんやらない。早寝早起き。おまけに包茎なんだよ。ねえ、結婚するとしたらどっちがいいと思う、ねえ、お父さん?」

「……A型がええ」

当然ですね。ちなみに僕もA型です。

おかしななしかお

お

おかしな梨顔

フランスのルイ十七世は、顔のかたちが洋梨に似ていました。残念ながら実際にお目にかかったことがないので、詳しいことは知りませんが、当時の新聞の風刺漫画にはいつも洋梨の絵が描かれていたんだそうです。要するにつるっとして下膨れの顔だったんですね。

そういう人ってときどき見かけます。漫画の「こまわりくん」もそうでしたね。こまわりくんのご両親はぜんぜん梨顔《なしがお》じゃなかったと思うんだけど、いったいどういう遺伝をしたんでしょうね、あの人は。それから、ジョン・グッドマンというアメリカの俳優も典型的な梨顔です。で、そう言われてみると、「シリアスな梨顔」の人って、いないなあ。映画に出てくるシリアル・キラーだって、だいたいはげそっとした「反梨顔」してますよね。

そう考えると、シリアスなことしかできない性格に生まれついてしまった梨顔の人には、いろいろと人知れぬ苦労があるのかもしれないですね。

かためためしにしめためたか

か
はい

硬め、ためしに〆めたメダカ

いつも鯖《さば》ばかり〆めているから、今日はためしにメダカを〆めてみたわよ、と言うお母さんは、なかなかポジティブでお茶目ですね。発想を変えてみるのもたしかに大事なことだと、僕も思います。凡庸な日常に溺れていてはいけない。人間少しでも未知の領域に挑まなくては。

しかしですね、実際問題として、メダカなんか〆めても、こりこりと硬くて、そんなにおいしいわけないですよ。まあ食べたことないから、僕にも一〇〇パーセント確信は持てないですけど……。

きごうはしるしるしはうごき

き
ぴゅっぴゅ
ぴゅっ
わっぴゅっ
ぴゅ，
ぴゅっ

記号はしるし、しるしは動き

記号とは言うまでもなく事物の意味の表象でありますが、その関係性は固定されたものではなく、絶え間のない遷移にさらされています。べつな言い方をするなら、事物は記号化という行為を経て、つまりその表象の流動性を示唆することによって、直喩的な記号性と暗喩的な記号性を同時に獲得します。つまりそれは意味（A）の表象であると同時に、意味（A）から任意の意味（A′）への移動のモーメントを、無限に暗喩することにもなるわけです。なんのことかわかりますか？　言っている僕にもさっぱりわかりません。あ、頭が痛い。

くだをぬいたついにいつたいぬをだく

く

管を抜いた。ついに逝った犬を抱く

末期癌で苦しんでいた犬を、思い切って安楽死させてあげたんですね。気持ちはわかります。

「さあ、ポチ、もう苦しまなくていいのよ、天国に行って、ゆっくりとお休みなさい。よしよし。あら……どうしたのかしら、ポチまだ生きているわよ。さっきちゃんと管を抜いたのにね。……あ、いやだ、私まちがえて、隣の猫の点滴をはずしちゃったんだ。どうしましょう」

安楽死させるのはいいですが、管をまちがえないようにしてくださいね。隣の猫も迷惑します。

けさはくすりでりすくはさけ

け

今朝は、薬でリスクは避け

「お父さん、今朝はちゃんとお薬飲んでくれました？」

「飲んでねえよ、そんなもん。ちゃんちゃらおかしくて、薬なんていちいち飲めるかってんだい」

「だって、この前もお薬を飲まなかったせいで、頭の血管が切れちゃって、通勤電車の中で、隣に座っていた娘さんのおでこをすりこぎで殴って、えらいことになったじゃありませんか。あのときは私も警察に呼ばれて大変でしたよ」

「何言ってやがる。あの下膨れのカバ女が。すりこぎで殴られそうになったらよけりゃあいいだろう、あほめが。ぐずぐずして血なんか流しやがって、どんけつが！」

　困ったお父さんですね。薬はちゃんと飲んでいってください。みんなが迷惑するんです。

こころはまるくすくるまはろここ

こ

心はマルクス、車はロココ

こういう人ってときどきいますよね。根っからの筋金入りのマルキシストなんだけど、車のことになると人格がころっと変わって、ちゃらちゃらしたロココ調の車に乗っちゃうんだ。「なんでお前、そんなブルジョワ趣味の高い車に乗るんだよ？　革命はどうすんだ？」なんてまわりから突き上げられるんだけど、「ふん、心は心、車は車だ。ぐちゃぐちゃ言ってると、すりこぎでぶん殴るぞ、この野郎！」と恫喝しかえすところなんか、うむ、団塊の世代だ。

しかしロココ調の車ってほんとにあるんですかね？

さつきのらくだくらのきつさ

さ

さっきの駱駝《らくだ》、鞍《くら》のきつさ

「ロレンスさん、ロレンスさん、どうしたんですか。大丈夫ですか。歩き方がなんだか変ですよ」

「うーん。さっきの駱駝がなあ。ちょっと、ほら、鞍がきつくてなあ。参ったよ」

「あ、そういえば腫《は》れてますね。いけないいな。ロレンスさん、なんで今まで我慢してたんですか。ずいぶん腫れているよ、これ。英国人、股弱い。ベドウィン腫れない」

なんてシーンがあったら、『アラビアのロレンス』はきっとアカデミー賞をとらなかったでしょうね。ま、あるわけないか。

しらぬことてつだつてとこぬらし

し

知らぬことてつだって、床濡らし

「この回文って、なんか、よくわからないんですけどー、なんかエッチな感じするんですけどー」

「そうですね。かなりエッチだと思います」

「どういうことなんですか？　具体的に言って」

「あまりにもエッチなんで、具体的には言えません。想像してみてください」

「えーと、すごーくエッチな想像しかできないんですけどー」

「はい。それでオーケーです」

しかしいったいどういう状況だったんだろう？　ふとんの中でウォッカ・マティーニを作っていたんだな、きっと。

すだちだす

す
だす

酢橘《すだち》だす

世の中にはたまに、否定型でしか話をすることができない否定的な姿勢の人がいます。僕は一度大阪法善寺横丁でそういうタイプの飲み屋の親父に出会いました。

「親父さん、この煮付けうまいね。この香りはなんだろう？　ユズかな？」

「ちゃいます」

「じゃあ、なんなの？」

「ユズとは違うんですわ」

「でも、なんだかは言えないの？」

「いや、そういうわけやおまへん」

「教えられない理由はない？」

「理由はおまへん」

「じゃあ、はっきり言えばいいじゃないか」

「………酢橘だす」

人生、もっとシンプルに肯定的に生きたいものですね。

せかいにかんぶつぶんかにいかせ

せ
15
6

世界に乾物、文化に生かせ

世界中の乾物好きの人たちが集まって、一九九七年に第一回「世界乾物文化会議」がスコットランドのエジンバラで開催されました。まったく世の中にはいろんな会合があるもんですね。

そもそもはなごやかに平和に、それぞれの国の乾物を紹介しあい、みんなで楽しもうという主旨の会合であったのですが、途中から乾物お国自慢が始まって、こじれにこじれ、アイスランド代表とケニヤ代表が、棒ダラとサイの干し肉を手に壇上で叩き合うという流血の惨事になり、この会議は一回きりで終わってしまいました。残念なことです。たかが乾物でそんなに感情的になることないですよねえ。

そうよわたししたわようそ

そ

そうよ、私したわよ。……嘘

男を嫉妬させるために彼女は、やってもいないことをやったと言ったわけですね。「ふん、私だって昨夜、高津くんとキスしちゃったんだもの。もっとすごいことだってしたんだもの」。でも最後までつっぱれなかった。「……でも、それは嘘なの」とつい告白してしまう、揺れ動く女心です。

でも、それもまた嘘で、本当は高津くんとやっていたりしてね。男女の仲はけっこう複雑怪奇です。みなさんもがんばってくださいね。

たれのがつつめつつがのれた

た

誰のガッツ？　メッツが乗れた

吉井投手はコロラド・ロッキーズに移籍しましたが、メッツでの彼の活躍はなかなか素晴らしいものでした。日本にいたときより、もっと素直に感情が出せるようになって、選手としての魅力も増していたように思います。ピンチを抑えて、「よし！」というガッツ・ポーズでベンチに帰っていく姿はかっこよかったです。これからも健闘してもらいたいと思います。

ちちのちいさなさいちのちち

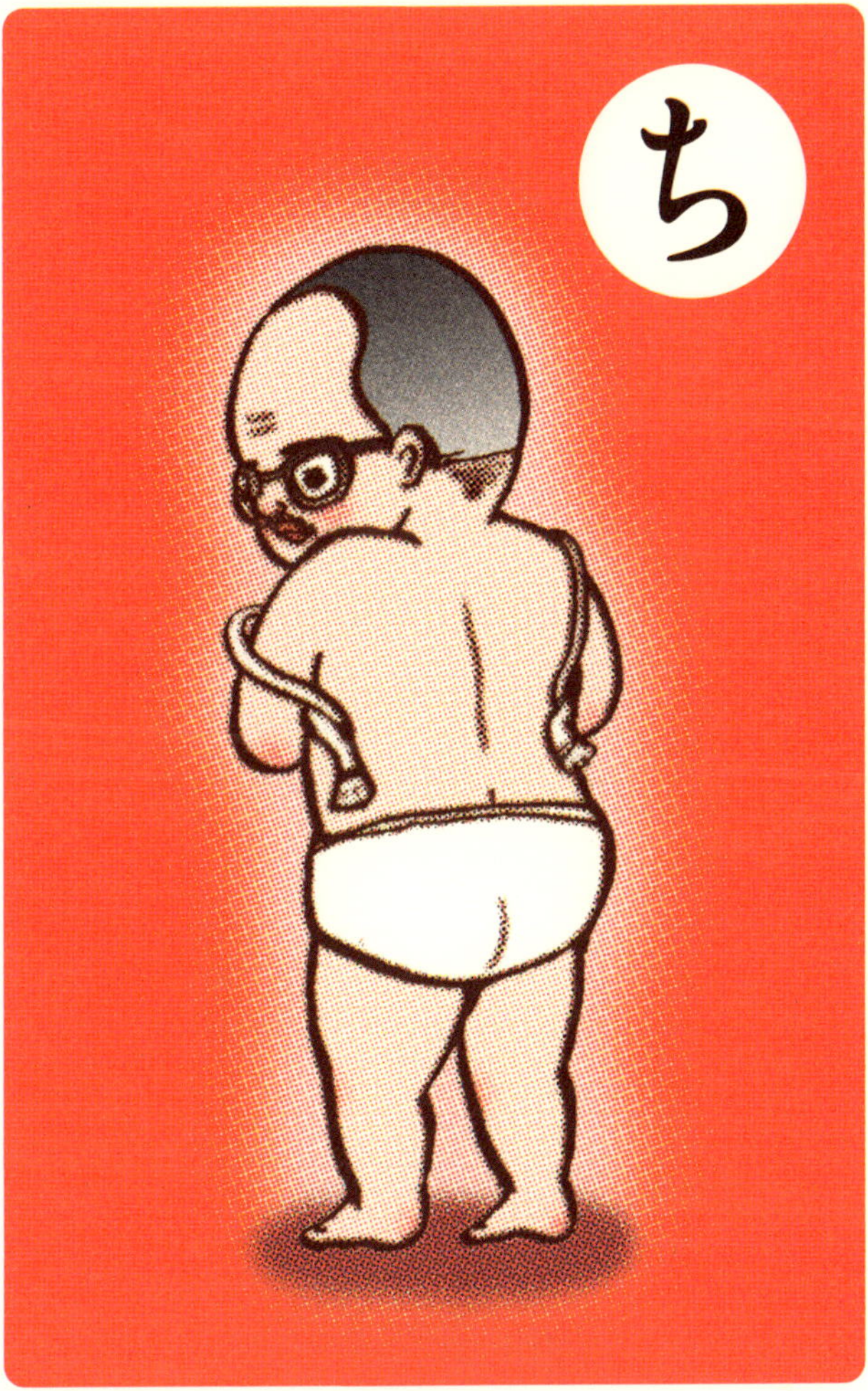
ち

乳の小さな才知の父

胸の大きな女性はおつむが弱い——という俗説がその昔ありましたが、お父さんの胸の大きさと知能はあまり関係ないですよね。そんな話は聞いたこともありません。

「でも乳首だってほとんどないんですよ」

そうですか。でもいいじゃないですか。もし乳首がぜんぜんなかったとしても、それで何か不都合があるわけでもないでしょう。なにせお父さんなんだから。

「そのかわりへそがやたら大きくて、眉毛がひとつにつながっていて、尾てい骨が長くて、背鰭《せびれ》までついているんです」

うーん、あの、えーと、話を聞いていると、あんまり頭が良さそうには思えないんですけどね。

つますろめのめろすまつ

つ

妻、スローめのメロス待つ

待てども待てどもメロスはうちに帰ってこない。ご飯も用意して、お風呂も沸かして待っているというのに。奥さんだってそりゃあ、あたまに来ます。

しかしメロスも悪意があるわけではありません。早く家に帰らなくちゃと本人も真剣に思っているのです。ただただ性格がスローなんです。早い話、ぐずなんです。たとえば「えーと、電気は消したかなあ……それから、水道は止めたかなあ……鍵は閉めたっけなあ……」なんてやっているうちに、時間はどんどん過ぎていくし、バスには乗り遅れるし、日は暮れていきます。

メロスはたしかにいいやつかもしれませんが、こういう友達を信じて命を預けたら、命がいくつあっても足りません。ほんとですよ。

てんぐのぐんて

て
大売出

天狗の軍手

昔むかし大江山に偉い天狗がおったとな。ある日天狗は肝硬変で死んだとな。息子が三人おったとな。

それで遺産相続があったんですが、例によってもめました。一番上のお兄さんは台風を起こせる「天狗の団扇」を取りました。二番目のお兄さんは一日に千里を走れる大江千里……じゃなくて、「天狗の下駄」を取りました。それで末の息子には「天狗の軍手」しか残りませんでした。

「あのー、天狗の軍手ってどんな取り柄があるんですか?」と末の息子は、二人のお兄さんにおそるおそる尋ねました。

「だから上から読んでも、下から読んでも同じなんだよ。よかったな」と二人のお兄さんは答えました。

「あ、そうか。回文なんだ!」と弟は叫びました。「じょーだんじゃねえよ。そんなもん、取り柄でもなんでもねえよお! 要するにただの軍手じゃねえか」

となかいすきなきすいかなと

と

トナカイ好きな鱚《きす》、いか納豆

トナカイがどうして鱚《きす》といか納豆が好きなのか？　それは謎です。でも「そういうのが好物のトナカイって、なんかよさそうなやつだよな」という気がしませんか。僕はします。うちに呼んで、鱚のてんぷらと、いか納豆を思う存分食べさせてやりたいという気がします。妹に紹介してもいいと思う。「いや、村上さん。わたしはキャビアとドンペリになにしろ目がないんです」なんてトナカイがいたら、ぶん殴ってやろうかと思うけど。

この回文はその昔、村上が「ビックリハウス」という雑誌の回文コーナーに投稿して、掲載されたものです。懐かしいので再録しました。

なくなよるばしかしばるよなくな

な

泣くなよ、ルバシカ。縛るよ、泣くな

戦前の話ですが、ルバシカを着て、パイプをくわえ、ベレー帽をかぶったハンサムな強盗がいたんです。家人を縛り上げ、金目のものを袋に入れ、引き上げる前に美しい声でプーシキンの詩を一編朗読していくのが特徴でした。「ルバシカ強盗」と呼ばれ、世の中の人気者になりました。お金持ちの家にしか盗みに入らなかったし、決して人を傷つけたりはしなかったからです。昨夜はどんな詩を朗読したかというようなことが、新聞に大きく取り上げられ、大衆はそれを読んで拍手喝采しました。

でも警察だって手をこまねいているわけにはいきません。ある夜、警察はついにルバシカ強盗を追いつめ、柔道三段の大男の刑事が、組み伏せて紐で縛り上げました。ルバシカ強盗はしくしくと泣きました。

「泣くな、ルバシカ。俺だってお前が憎いわけじゃない。これが俺の仕事なんだ」

ルバシカ強盗は刑務所で模範囚として刑期を終えたあと、文藝＊秋の社員になり、最後は出版部長にまでなったそうです。

にしでりやおおおおやりでしに

に

西でリヤ王、大槍で死に

実を言いますと、最初は「リア王と大アリ」というのを考えたんです。王位を追われ、ひとり荒野をさまよっているときに、リア王と大アリは友達になりました。リア王がこのように落ちぶれてしまった経緯を涙ながらに話すと、大アリはうんうんと肯きながら話を聞いてくれました。

「なあ君、世の中にこんなひどい話って、あると思うかい？」

「大ありだい！」と大アリは言いました。

それだけ。

ほんとに意味のない話ですね。あまりに意味がないので、「西でリヤ王、大槍で死に」に変えました。リア王にしたって、荒野で大アリにおちょくられるよりは、立派に戦死した方が幸福じゃないですか。

ぬれきぬきれぬ

ぬ

濡れ衣、着れぬ

刑事「おい、ミヤケ。お前、昨夜青山の『コム・デ・ギャルソン』に忍び込んで、店を水浸しにして、売り物の洋服をぜんぶ駄目にしただろう。もう割れてるんだよ。指紋も上がっているし、目撃者もいるんだ。ここはひとつ罪を認めろ。素直に認めれば、お上にも情けはある」

ミヤケ「だんな、勘弁してくださいよ。わたしはそんなことしちゃいません。服を水浸しにして、それでいったい何の得があるっていうんですか？　そりゃひどい濡れ衣だ」

刑事「そうかい。ははは。それは悪かった。かまかけただけなんだ。もう帰ってよろしい」

☆

刑事「おい、ヤマモト。昨夜青山の『コム・デ・ギャルソン』に忍び込んで、店を水浸しにして、売り物の洋服をぜんぶ駄目にしただろう。もう割れてるんだよ……」

ねだんたしたんだね

ね
¥87253300

値段、足したんだね

「ありがとうございました。お会計は合計で八七二五万三三〇〇円になります」

「そうか、そうか。ごちそうさま。おいしかったよ。八七二五万三三〇〇円ね……おい、冗談じゃないよ。さっきはただの三三〇〇円だったじゃないか」

「いいえ、わたしどもの計算にまちがいはございません。ビール二本と、牡蠣フライ定食と、ミラノ風カツレツと、コーヒー二杯。全部で八七二五万三三〇〇円と、ほらちゃんと計算書きに書いてあります」

「お前、あとで勝手に数字を書き足しただろう。つまらない真似をするな。そんなのすぐにわかるんだからな」

そりゃ、わかりますよね。

のもたつまききまつたもの

の

野茂、たつまき決まったもの

野茂投手の魅力は、なんといってもあの独特の変則的投球フォームにあります。ああいう誰とも違う個性的なフォームを身につけ、確固とした世界観を持ち、一人で運命を切り拓いていくタイプの人が僕は好きです。そういう人って、世の中にそんなにたくさんはいませんよね。見分けのつかないようなフォームで、組織の中で算盤《そろばん》をはじきながら、無難に世渡りしていく人はたくさんいますけどね。

たしかに出来不出来はあるけれど、あのたつまきがびしっと決まったときの快感は、見ていてもかなりのものです。新天地でも実力を発揮してもらいたいと思います。

ばばりあのありばば

は

ババリアのアリババ

アラビアの盗賊団がタイムワープして、なんと十九世紀のババリア王国に逃げ込んだんです。渋いところに行きますよね。そのあとを追って「タイムコップ」のアリババも単身ババリアへ向かいます。どうして昔のアラビアにタイムマシーンなんてものがあったのか？　だって空飛ぶ絨毯があるんだもの、タイムマシーンがあってもおかしくないですよ。

映画にするときはアリババ役はやはりジャン・クロード・ヴァン・ダム、盗賊団の首領はアントニオ・バンデラス、ルートヴィヒ狂王はクエンティン・タランティーノ、リヒャルト・ワグナーはマティ・ペロンパー（死んだけどタイムワープさせて）、というのがいいんじゃないかな。本当に映画になったら、僕はきっと見に行きます。

ひとのとふふとのとひ

ひ
1×10は…
10よ
A
Q

人の問ふ、ふとの問ひ

「ねえ、あなた、私たちの人生って、いったい何だったの？　子供を産んで、育てて、ちっぽけな家を建てて、何十年もかけて爪に灯をともしてローンを払って……ただそれだけのことだったの？」

「ねえ、課長、僕らは何のために生きているんですか？　毎日毎日、朝晩一時間、満員電車にぎゅうぎゅう詰め込まれて会社にやってきて、ただただ働いて、昼にほか弁食って、それを三十年以上続けて、雀の涙みたいな退職金をもらって……どんな意味があるんですか？」

「ねえ、監督、なんで俺らこんな棒切れもって、飛んでくるタマをひっぱたいて、一生懸命ベースからベースへと走り回らなくちゃならないんですか？　大の男がこんなことを命がけでやっていて、そこにどんな目的が……」

監督「いちいちうるせえんだよ、池山。お前の打順なんだ。早く行って打ってこい！」

ふたがなんだだんながたふ

ふ

蓋がなんだ！　旦那がタフ

こういう人っていますよね。「ねえ、あなた、この蓋堅くて開かないのよ。開けてくれる？」なんて奥さんに言われると、「よしよし。蓋のことなら俺にまかせとけ！」とその気になっちゃうご主人。腕力だけには自信があります。とにかく蓋ならなんだって素手でほいほい開けちゃう。フェリーニの『道』の怪力男みたいですね。

評判がたって、そのうちにマンションじゅうの奥さんが、「すみませーん、谷口さん、うちの蓋も開けてくださらないかしら？」なんて、蓋の堅い瓶を持ち込んでくる。そういう人生もなかなか楽しそうだ。

へんきんからうらかんきんへ

へ

返金から、裏換金へ

「わかりました。これは欠陥品なので、代金はお返しします」

「よかった」

「しかしですね、ひとつお願いがあります。帳簿上の問題がありまして、現金でお返しすることはできないんです。処理がものすごく面倒になるものですから」

「はあ」

「ですから、かわりにこの『ビール券』を余分めに差し上げますので、これをもって金券ショップに行って、換金していただきたいんです」

面倒ですよね、こういう会社。ついつい券でビールを買って、そのままかついで帰ってきてしまったりしてね。

ほれたいなかはひまでまひはかないたれほ

ほ

惚れた田舎は暇で麻痺、はかない垂れ穂

田舎の生活にあこがれて、南青山のマンションを処分して、春先に長野県に引っ越した。職業は小説家だから、ファックスとインターネットさえあれば、東京にいなくたって、いくらでも仕事はできる。

しかしいざ暮らし始めてみると、やることもないし、暇なんですよね。最初は静かな日々に感動して、「これぞ人生、こんなふうにのんびりと生きなくては」と、せっせと菜園なんかも作っていたんだけど、もともとが都会育ちだから、そのうちに退屈で退屈で、頭がぼおっとしてきちゃった。秋になって、稲の穂も垂れて、まわりは美しい田園の風景。でも、なんか心がむなしい……。

なんてことにならないように気をつけなくてはね。うむ。

またたびあびたたま

ま

またたび浴びたタマ

「ねえ、お母さん、タマの様子が変よ。なんかぼおっとして、目がうつろで、脚がよろよろしている」

「あらあら、またどっかでまたたびを浴びてきたんだよ。しょうがないねえ。うちの近くにどうも、またたびのディーラーがいるみたいなんだよ」

「きっとあれよ、三丁目の野村さんちのクロよ。あいついかにも悪そうだから。最近はロレックスの首輪なんかはめて金まわりもよさそうだしさ」

なんてことはまさかないですよね。「またたびやめますか、猫やめますか」とか。

みたかのいなかつつみにみつつかないのかたみ

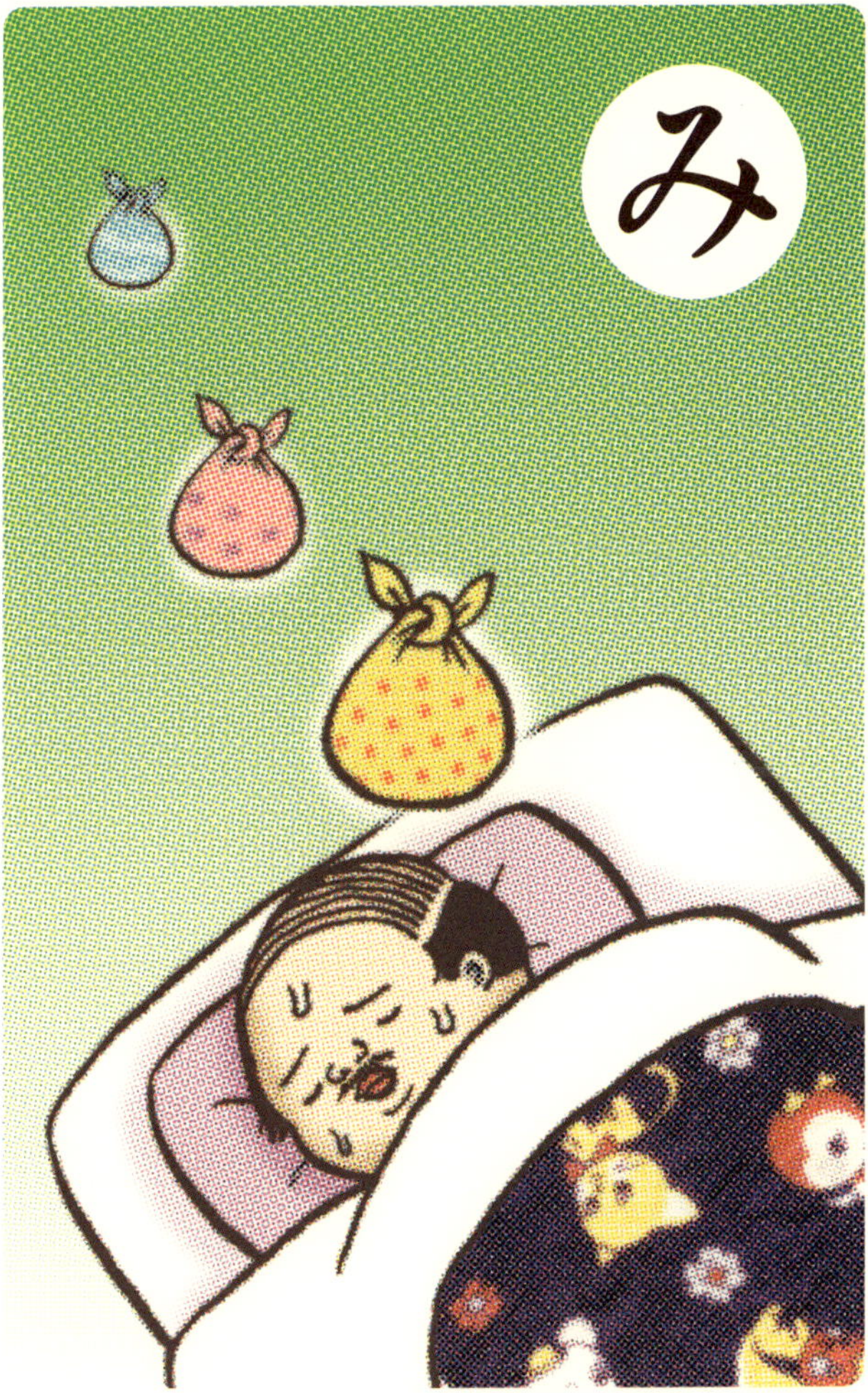
み

三鷹の田舎、包みに三つ、家内の形見

三鷹市井口新田の実家に、妻の形見が置いてあるわけです。それも包みにして三つ。中にはいったい何が入っているのでしょう。……恐いですね。

実家から連絡があって、夫はそれを取りに行かなくてはならないんだけど、後ろめたいところもあって（そんなものがない夫がどこにいるだろうか？）、なんとなくおっかなくてなかなか取りに行けない。そのうちに夢枕に死んだ奥さんが立って、「あなた、どうして私の形見を取りに来てくださらないの？　それでは私、成仏できませんわ。ふふふ。あなた……」と笑う。そんなことされたら、余計に取りに行けないですよね。恐いなあ。

むらしたまたしらむ

む

蒸らした股、白む

なんで股を蒸らすのか、僕にもよくわかりません。でも蒸らせば、そこはやはり白みますよね。えーと、これ以上何か書くと、ますます泥沼化していくような気がするので、あえて説明は加えません。適当に想像してみてください。

僕も好きでこういう回文を作っているわけではなくて、あれこれ考えているうちにたまたま、またまた（回文）こういう下ネタっぽいのができちゃうということなんです。潜在人格と言われてしまうとそれまでなんですが……。

めもでいんぶぶんいでもめ

め

メモで〈陰部〉、文意で揉め

また変なものができちゃったな。しょうがないですね。

「お父さん、このメモに書いてある〈陰部〉っていったいなんですか？　電話かけながらメモしていたみたいだけど、いったい誰と電話していたんですか？」

「いや、あの、その、会社の仕事の関係者だ」

「証券会社の仕事で、どうして陰部なんて言葉が出てくるんですか？」

「だから……つまり、人には言えないどろっとした部分って、どんな会社の仕事にもあるじゃないか」

「それは暗部でしょうが！」

いくらなんでも、暗部と陰部をまちがえてはいけないですよ、お父さん。えらい違いじゃないですか。

もりおかのちまたしたまちのかおりも

も

盛岡の巷、下町の香りも

たまにはこういう具合にきれいに回文を決めたいものです。

岩手県盛岡市は文字どおり森の町で、空気もすがすがしく、散歩するには最適の場所です。都会のわりには気取ったところや、よそよそしく澄ましたところがなく、にぎやかな繁華街を歩いていても、「ああ、懐かしいなあ」という下町的な親しさをふと感じてしまうことになります。おいしいコーヒーを飲ませる喫茶店に入って、窓際の席で気に入った本を読んでいると、心が静かになります。

と、わかったようなことを書いていますが、実を言いますと、生まれてからまだ盛岡に行ったことないんです。ただ想像して書いているだけです。すみません。そのうちに行ってみます。

やくにんじんにくや

や
いらっしゃいませ

役人、人肉屋

問題発言ですね。言葉をひねりまわしていたら、たまたまこういうのが出て来ちゃっただけで、公務員のみなさんを侮辱するつもりはまったくありません。気を悪くなさらないでください。世の中には親切な公務員のみなさんもたくさんいらっしゃいます。ほんとに。でも中には、国民をただの「人畜」だと思っているような困った人もいます。「お前ら民衆は、黙ってせっせと税金を納めてりゃいいんだよ。カネの使いみちについては、俺たちお上のエリートが頭をしぼって考えているんだから、庶民がいちいちケチつけるんじゃない。可動堰、大型公共投資、銀行救済……、何がいけない。ふん」とかね。こういう人は「人肉屋」と言われてもしょうがないですよね。

ゆもわいたにしめをめしにたいわもゆ

ゆ

湯も沸いた。煮染めをメシに、対話燃ゆ

旧友が二十年ぶりに再会して、膝をつきあわせ、一晩語り合います。風呂も沸かしたし、のんびりとくつろいで、煮染めをつつきながら、昔話に花が咲きます。そうなるとやはり、胸襟を開くというか、腹をわった話も出てきます。

「今だから話せるけどな、昔さ、おたくの奥さんとやっちゃったことあるんだ。三回だけだけど」

「そうか、それは知らなかったな。でもまあいいよ。昔のことだし、ただの三回だ。でも俺もさ、今だからいうけど、お前んとこの娘とやったことあるんだ。あの子がまだ中学生のとき」

「そうか、そんなこともあったのか。まあいい。過ぎたことだ。しかし時の流れは早いものだなあ」

なんてこと、まさかないですよね。恐い世界だ。

よめのふぎにりかいがいかりにぎふのめよ

よだのるすにするのだよ

嫁の不義に、理解が怒りに、義父の目よ
ヨーダの留守にするのだよ

二連発です。かなり長い話なんですが、このお嫁さんの義父は実はヨーダなんです。けっこう遊び人の嫁なので、送り出す実家のお母さんも心配して、「お前ね、浮気をするのはいいけど、お義父さんのヨーダさんが近辺にいるときは、やっちゃだめだよ。なにせ勘のいい人だからね」とか、入れ知恵するわけです（ひどい実家だ）。それで嫁は、母親の忠告をまもって、ヨーダがほかの銀河系に出張しているときにだけ浮気をしていました。しかしあるとき、ちょっとまちがえて、ヨーダがまだその辺にいるときにやっちゃったんだ。ヨーダは怒りましたよ。「これまでは良い嫁だと思って私なりにかばってきたが、もう頭にきたぞ！」とかんかんです。目だってぎらぎらしている。

これが『スター・ウォーズ　エピソード6』のあらすじです……というのは真っ赤な嘘です。当たり前だけど。

らたいがしぶいぶしがいたら

ら

裸体が渋い武士がいたら

映画『七人の侍』を見ているときに、これを思いつきました。三船敏郎も若かったですね。裸の身体がまぶしかった。しかし三船敏郎の台詞って、字幕がほしいです。何を言っているのかよくわからないんだもの。

この映画の中で僕が好きな台詞。加東大介が農民に走る訓練をさせながら言います。「侍は走るのが仕事だ。攻めるときにも走り、退《ひ》くときにも走る。走れなくなったら、それが侍の死ぬときだ」。こういう簡潔でリアルで、ぐっと胸にしみこむ台詞って、なかなか書けないよな、と思います。小説家だって走れなくなったらおしまいだ、と僕は思っていますが。

りんしのまつくだくつまのしんり

り

臨死のマック抱く、妻の心理

故障でもう修復不可能になったマッキントッシュ・コンピュータを抱きしめておいおいと泣く妻。夫の背筋を、ふと冷たいものが走ります。おい、そのマックはお前にとって、いったい何だったんだ？

夫婦って、いざとなるとわからないものです。お互い理解しあっているような気になっていても、何かがあると、照明弾に照らされるように、それぞれの暗い魂の深淵がその姿を露《あらわ》にします。

「いいもん。おいらにはＩＢＭの千香ちゃんがいるも―ん」という夫は明るくていいですが。よくねーか。

るいびとんとびいる

る
いぇいいぇい
ったら
いぇいいぇい
ふんが
ふんが

ルイ・ビトン、飛び入る

「飛び入り、ルイ・ビトン、出身フランス。『津軽海峡冬景色』を歌いまーす」。しかし、そんなことされたら、NHKの人だって困りますよね。次には「続いて飛び入り、ジョルジョ・アルマーニ、出身イタリア。『花咲く丘に涙して』を歌うぞー!」なんてことになってしまうかもしれない。あのー、ちょっと待ってください。これは公開番組で、前もって順番ってものがあるんです。

しかし外国人デザイナーたちはぜんぜん言うことをきかない。みんな「俺が、俺が」という人たちだからね。「またまた飛び入り、カルヴァン・クライン、出身アメリカ。『マイ・ウェイ』を歌うよ!」、……面白そうですけどね。

れおはれおおれはおれ

れ

レオはレオ、俺は俺

映画『タイタニック』を見たあとで、彼女がディカプリオくんにめろめろになってしまった。男としては面白くないです。

「たしかにレオはかっこいいよ。それは認める。それに比べたら、俺は欠点だらけだよ。ハンサムじゃない、学歴ない、給料安い、背は低い、脚は短い、セックスは弱い、すぐに鼻毛はのびる、財産ないくせに長男、若年性糖尿病で、そのくせケーキが大好き、喧嘩は弱い、英語わからない、漢字は読めない、方向音痴で、がに股、尊敬する人は羽田孜。でもさ、俺には俺なりにいいとこだってあるんだ」

「たとえば？」

「…………………………………」

何かひとつくらい思いつけよなあ。

ろしやたびのしあげあしのびたやしろ

ろ

ロシヤ旅の仕上げ、脚延びた社《やしろ》

せっかくロシアまで来たんだから、モスクワの空港から飛び立つ前に、やはり最後にレーニン廟くらいは見ていこうと、思ったわけです。ふーん、レーニン廟って社《やしろ》なの？　あのですね、そんなむずかしいこと言わないでください。所詮回文なんだから。

昔レーニンとスターリンとトロツキーが、三人でスシを食べに行きました。レーニンとスターリンはちらし定食を食べたんだけど、トロツキーはとろが好きで、とろばかり食べていた。嫌われますよね。それが後年、トロツキー失脚の引き金になりました。本当の話。

わしのいがいなないがいのしわ

わ

わしの意外な、内外のしわ

見せてあげようか？　と言われても、そんなもの見たくないですよねえ。しかし「意外なしわ」ってどんなしわだろう？　「内外の」っていったい何のことだろう？　だから見せてあげようと言っているじゃないか。いいです、見たくないです、やっぱり。いやいや、そんなこと言っても、あんた本心では見たがっているんだよ。そうじゃないふりをしても、おじさんにはちゃーんとわかっているんだ。ふへ、ふへ、ふへ。ふへ、ふへ、ふへ。

悪夢ですね。こういう相手の強引なペースにははめられないように、自分を保ってしっかりと生きてください。しかしそれにしても、意外なしわって、どんなしわなんだろうね。

あとがき

こんにちは。作者の村上です。

どうしてまたこんな本ができてしまったか――そういう表現をあえて使いたいのですが――というと、そこにはいささかの事情があります。実は僕は「二〇〇〇年のお正月には一切仕事をするまい」と心に決めていました。それまでけっこう詰めて仕事をやっていたので、ここらあたりで少しは休息をとろうということです。コンピュータの画面って目を痛めますから。

でも手持ちぶさたなんですよね。僕はワーカホリックというのではないのですが、ただぶらぶらしているとどうも落ちつかない。神社に初詣に行ったり、静かな新年の街を散歩したり、家で寝ころんでのんびりしたりしていても、頭が勝手にふらふらと動き続けている。でもコンピュータのスイッチは入れない、机にも向かわないと決めているから、そのはけ口がない。これはけっこう苦しかったです。じゃあ、コンピュータも紙も必要としないことをやろうじゃないかと、ふと思いついて始めたのがこのような「五十音回文作り」でした。これなら簡単なメモを取るだけでできる。

そんなわけでお正月の五日間、延々と頭の中で言葉をこねくりまわして回文を作り続け、悪戦苦闘の末、いちおう五十音全部（四十四個）をクリアすることができました。

三十五個くらいまではわりにすらすらできたんだけど、あとが簡単には出てこなかったです。そのうちに考え過ぎで頭が酸欠状態になってきて、最後にはまわりにあるすべての単語が、僕の意志とは無関係に勝手にぐるぐると逆転し始めました。もちろん自分で好きで始めたことなので、誰を責めるわけにもいかないのですが。

二〇〇〇年のお正月にそれ以外に何をしたのか、今となってはぜんぜん思い出せない。うちの奥さんは僕が一人で宙をにらんでむずかしい顔をしたり、かと思うと急ににこにこ笑ったりしているので、頭がおかしくなったのかと思ったようです。このような営為が、現代日本文学の革新や発展に寄与するとはまったく思わないけど（当たり前だ）、でもなかなか楽しかった。ほとんど意味のないことを、全力を尽くして真剣に追求するのも、たまにはいいものです。

いちおうカルタ形式になっているので、ひとつひとつに絵をつけようということになったのですが、僕としては、ここはやはり友沢ミミヨさん以外の画家を思いつくことはできませんでした。僕はミミヨさんのキュートな（っていうか）絵のファンで、いつか一緒に仕事をしたいとずっと思っていたので、その機会を持つことができてとても嬉しかったです。

二〇〇〇年六月

村上春樹

あ　アリバイが苦いバリア

い　伊良部、縞柄が増し、無頼

う　浦和で蒔《ま》いた、ははは、と母は大麻で笑う

え　A型がええ

お　おかしな梨顔

か　硬め、ためしに〆めたメダカ

き　記号はしるし、しるしは動き

く　管を抜いた。ついに逝った犬を抱く

け　今朝は、薬でリスクは避け

こ　心はマルクス、車はロココ

さ　さつきの駱駝《らくだ》、鞍《くら》のきつさ

し　知らぬことてつだって、床濡らし

す　酢橘《すだち》だす

せ　世界に乾物、文化に生かせ

そ　そうよ、私したわよ。……嘘

た　誰のガッツ？　メッツが乗れた

ち　乳の小さな才知の父

つ　妻、スローめのメロス待つ

て　天狗の軍手

と　トナカイ好きな鱚《きす》、いか納豆

な　泣くなよ、ルバシカ。縛るよ、泣くな

に　西でリヤ王、大槍で死に

ぬ　濡れ衣、着れぬ

ね　値段、足したんだね

の　野茂、たつまき決まったもの

は　ババリアのアリババ

ひ　人の問ふ、ふとの問ひ

ふ　蓋がなんだ！　旦那がタフ

へ　返金から、裏換金へ

ほ　惚れた田舎は暇で麻痺、はかない垂れ穂

ま　またたび浴びたタマ

み　三鷹の田舎、包みに三つ、家内の形見

む　蒸らした股、白む

め　メモで〈陰部〉、文意で揉め

も　盛岡の巷、下町の香りも

や　役人、人肉屋

ゆ　湯も沸いた。煮染めをメシに、対話燃ゆ

よ　嫁の不義に、理解が怒りに、義父の目よ——1

ヨーダの留守にするのだよ——2

ら　裸体が渋い武士がいたら

り　臨死のマック抱く、妻の心理

る　ルイ・ビトン、飛び入る

れ　レオはレオ、俺は俺

ろ　ロシヤ旅の仕上げ、脚延びた社《やしろ》

わ　わしの意外な、内外のしわ

装幀　大久保明子

またたび浴《あ》びたタマ

2000年 8 月30日　第1刷発行
2019年10月30日　第5刷発行

文　村上春樹《むらかみはるき》
画　友沢《ともざわ》ミミヨ
発行者　大川繁樹
発行所　文藝春秋
〒102-8008　東京都千代田区紀尾井町3-23
電話（03）3265-1211
印　刷　凸版印刷
製　本　加藤製本

ISBN978-4-16-356510-1